AF340086

RAPPORT

SUR

UN MANUSCRIT MUSICAL

DU XVe SIÈCLE,

PAR M. A. J. H. VINCENT,

MEMBRE DE L'INSTITUT.

DON.
n° 12,452

RAPPORT

FAIT A LA SECTION D'ARCHÉOLOGIE,

LE 20 JUILLET 1857,

SUR UN MANUSCRIT DU XVe SIÈCLE.

La section d'archéologie a renvoyé à mon examen un manuscrit petit in-8°, que lui a communiqué M. le comte de Laborde [1],
et dont le contenu semblait être de nature à entrer, soit en tota-
lité, soit en partie, dans le Recueil des Chants populaires. Ce volume, qui paraît avoir été exécuté vers le commencement du
xve siècle, se compose d'environ cent cinquante petites pièces
d'ancienne poésie française, accompagnées de musique à trois et
à quatre parties.

Ne pouvant que mentionner en passant de charmantes minia-
tures d'un dessin finement touché et en rapport avec le sujet de
chaque pièce, je dois concentrer toutes mes remarques sur ces
deux points : la versification et la musique.

D'abord, en ce qui touche à la versification, on peut comparer
la facture des diverses pièces qui composent le volume, soit au
rondeau, soit au sonnet; mais ceci exige des explications.

Quant au rondeau, d'après l'idée que nous pouvons prendre
de ce petit poëme chez les plus anciens auteurs aujourd'hui connus du vulgaire, Villon, Marot, Ronsard, à partir desquels il faudrait presque, suivant Boileau, faire dater l'ère de la poésie
française; d'après ces auteurs, dis-je, on doit, à la suite du
deuxième et du troisième des trois couplets qui constituent le
rondeau, reprendre le premier vers du premier couplet, ou seulement l'hémistiche, ou, plus simplement encore, le mot initial
du poëme.

Or la plus grande partie des pièces contenues dans notre petit
volume ont une facture analogue, mais plus naturelle, et j'oserai
presque dire plus parfaite. D'abord ils étaient chantés, comme

---

[1] Depuis la lecture du rapport, M. de Laborde a fait l'acquisition du volume
en question.

l'est toute poésie primitive suivant une opinion que je crois vraie. Ensuite, les rondeaux que nous rencontrons ici (je me crois autorisé à employer ce mot) sont généralement composés de deux couplets pareils, que j'appellerai la *strophe* et l'*antistrophe*, séparés par un troisième couplet de moindre dimension et correspondant, sous le rapport de la rime, à la première moitié de la strophe; pour plus de clarté, j'appellerai *mésostrophe* ce couplet tronqué.

Mais ce n'est pas tout, et voici surtout en quoi cette ancienne forme de rondeau diffère de la moderne. Tandis que celle-ci ne répète, après la mésostrophe et l'antistrophe, que les premiers mots de la strophe, comme nous l'avons dit, le rondeau ancien répète, après la mésostrophe, la première moitié de la strophe, et après l'antistrophe, la strophe tout entière.

Dans les deux cas, ces renvois au commencement de la pièce sont indiqués par ses premiers mots, comme s'il s'agissait d'un rondeau moderne; et, si l'on n'y prenait garde, on croirait volontiers que les deux espèces, ancienne ou moderne, ne présentent aucune différence; mais, avec un peu d'attention, il est facile de reconnaître que les deux ou trois mots placés hors ligne ne sont en effet que des renvois ou indications de *ritournelle* : et il y a de cela plusieurs raisons convaincantes. D'abord ces mots, pour la plupart du temps, ne présentent aucun sens par eux-mêmes, en opposition avec le rondeau moderne, où cette forme de clausule, en complétant la pensée, semble amenée tout exprès pour lui donner plus de grâce, comme dans le joli rondeau fait à l'occasion des Métamorphoses de Benserade, et qui se termine d'une manière si piquante par ces vers que tout le monde connaît :

> Mais quant à moi, j'en trouve tout fort beau,
> Papier, dorure, images, caractère,
> Hormis les vers, qu'il fallait laisser faire
> A La Fontaine.

Ici, le dernier mot est un trait qui complète le sens et n'indique nullement qu'il faille retourner au commencement de la pièce, c'est-à-dire

> A la fontaine où s'enivre Boileau.

En second lieu, les deux renvois sont souvent formulés par

une fraction différente du premier vers; ainsi, par exemple, il y aura pour l'un *Mon desir et*, et pour l'autre *Mon desir et toute*.

Enfin, ce qui achève de prouver que les mots indiqués ne servent que de renvois, et correspondent tout simplement à la formule *da capo* de la musique italienne, c'est que partout, dans notre volume, les mélodies correspondant aux paroles présentent seulement deux cadences finales ou deux points d'arrêt, à l'exclusion de tout autre : l'un de ces points est placé après l'*hémistrophe*, et l'autre après la strophe entière; d'où résulte, entre la forme du rondeau chanté ou ancien rondeau, et celle du rondeau moderne ou simplement récité, une incompatibilité radicale. On serait même tenté d'émettre ici une conjecture, et de supposer que le rondeau de forme moderne a pour origine une sorte de malentendu; et voici de quelle manière on pourrait le concevoir.

Le rondeau chanté étant tombé en désuétude antérieurement à l'époque de Marot, les poëtes qui voulurent faire revivre cette sorte de poëme ne parurent point remarquer que les premiers mots de la pièce, ainsi répétés en deux endroits, le milieu et la fin, n'y jouaient que le rôle de renvoi ou de ritournelle; et ils se contentèrent d'en faire une clausule qui ne rimait à rien, ce qui, comme je l'ai dit, n'exclut cependant point une certaine grâce quand cette forme de clôture est artistement amenée. Et il semblerait que Boileau lui-même se soit laissé aller à cette illusion quand il dit que Marot :

A des refrains réglés asservit les rondeaux.

En effet, on ne peut nier que les refrains du rondeau chanté, d'après l'idée que j'en ai donnée plus haut, ne soient parfaitement bien réglés, beaucoup mieux même que les refrains du rondeau moderne; et le vers de Boileau ne semble pouvoir s'expliquer que par cette circonstance, précédemment signalée, que les deux renvois n'étaient pas toujours identiques ou exprimés par le même nombre de mots.

Au surplus, si l'on éprouve trop de répugnance à admettre que le rondeau moderne puisse avoir pris naissance d'une façon si singulière et si bizarre, rien n'empêche de croire qu'il tire son origine, soit d'une sorte de défi, soit de l'attrait d'une difficulté vaincue; mais, de toute manière, le fait de la transformation est incontestable, et l'on se tromperait en supposant que j'invente ici une théorie du rondeau, ou que tout ce que j'en ai dit doit être relégué au rang des simples conjectures. En effet, pensant bien que, si mes interprétations avaient quelque fondement réel, on devait en retrouver des traces dans les anciens traités de versification, je voulus recourir à cette source; et voici ce que je trouvai dans l'*Art poétique françois,* imprimé à Lyon en 1576, opuscule auquel les bibliographes imposent le nom de *Sibilet,* qui n'est peut-être qu'un pseudonyme :

« Le Rondeau, dit l'auteur [1], est ainsi nommé de sa forme. Car, tout ainsi que au cercle (que le françois appelle Roundeau), après avoir discouru toute la circonférence, on rentre tousjours au premier point, duquel le discours avoit été commencé, ainsi au poëme dit *Rondeau,* après tout dit, on retourne tousjours au premier carme ou hémistiche pris en son commencement.

(P. 89.) « Enten qu'il s'en fait de quatre sortes. Le triolet se fait de deux vers au premier couplet, d'un au second et de deux au tiers. Car le faut présupposer que le Rondeau de sa nature est party en trois membres, que nous appellerons coupletz d'ancienne appellation, et que, après le second couplet, se fait répétition ou reprise, comme après le tiers.

« Au triolet donc, après le second couplet, se répète le premier carme entier du premier couplet, et à la fin, après le tiers, se reprend tout le premier couplet.

(P. 90.) « Le Rondeau simple a quatrain en premier couplet et quatrain en dernier, unisones [2], dont les premiers et derniers vers symbolisent, et les deux du milieu demeurent en ryme plate. Le second couplet n'a que deux vers ressemblans en ryme les deux premiers du premier couplet, et reprend-on après le premier couplet, et en la fin du tiers, le premier vers du premier, ou seulement l'hémistiche, comme en cestuy de Marot :

> On le m'a dit, dague à ruelle, etc.

(P. 91) « Tu verras aussi tout le premier vers répété en un autre de Marot, commençant :

> Qu'on mène aux champs ce coquardeau, etc.

« Et pour entendre cette différence de reprise ou répétition, tu dois noter que *le Rondeau simple est lors parfait* quand à la fin

---

[1] **Liv. II, ch. III, p. 88.**
[2] En marge : « vnisones et uniformes, tout vn. »

* On a laissé aux paroles la disposition qu'elles ont dans le manuscrit.

De joye en puis ne me souvint,
Et n'ay pas tort par Nostre Dame,
Je le sçay bien...

Oncques puis, à moy ne revint ;
Se ne l'avez, Dieu en ait l'ame ;
Car il est mort [des]soubz la lame ;
Il estoit bon, dez ans a vingt ;
Je le sçay bien...

II. — RONDEAU DOUBLE. Anonyme. (Fol. 38.)

Le manuscrit porte le signe du temps parfait consistant en un cercle O, ce qui indique une mesure à trois temps valant chacun une ronde. Nous avons préféré, à l'exemple de M. Morelot et pour les mêmes raisons que lui, partager cette mesure en trois.

n'au - ray, où que je soye,
Nul bien,
se ne vous voy brief - ment, Si non tous - jours
deul

Il n'est plaisir qui ne m'envoye,*
En lieu d'espoir deul me convoye;
Je n'ay point d'aultre esbatement.
  Mon desir et...

Par vous souvent fault que lermoye,
Et voiz a part, qu'on ne me voye
Faire mes plains secretement,
Et me boute en tel pensement
Qu'il me semble que mourir doye
  Mon desir et toute...

* Peut-être : *que ne renvoye.*

III. — SONNET? Dufay. (Fol. 26.)

Combien qu'ai ce volu parfaire,
Desplaisirs crainguant luy desplaire,
Accroissant son bon bruit et loz,
Mal ten est prins, pour ce t'est los
Que brief pense de te retraire.
Malheureulx...

RESIDUUM:

* D'après les règles de la notation du temps, les notes ont ici deux fois moins de valeur.

** Ms. : beaute.

Ne toy ne moy, tu le
Et qui pis est sur ce
sces bien;
me tien
Tous jours languissons
Qu'il n'en chault à nostre
en destresse;
Mais tresse.

du second couplet on répète les deux premiers vers du premier, et à la fin du tiers on reprend tout le premier entier, ne plus ne moins qu'*au Rondeau double* (duquel orras parler tantost) *pour le parfaire* se répètent en fin du second couplet les trois premiers vers du premier, et, à la fin du tiers, on reprend le premier entier, de quelle sorte tu en trouveras encore *chez les vieux poëtes* et en moralitez et farces [1].

(P. 93.) « Le Rondeau double est celuy qui a cinquain pour le premier couplet et cinquain pour le dernier, uniformes, comme requiert la nature du Rondeau, mais tels que les deux vers premiers de chaque cinquain fraternisent, en ryme plate, le tiers et le quart tout ainsy, mais en autre terminaison, et le cinquiesme symbolise avec les deux premiers. Le second couplet est de trois vers de ryme consonnante aux trois premiers du premier couplet, comme tu peux voir en cestuy de Marot :

En la baisant, etc.

(P. 94.) « Ce Rondeau s'appelle double à la différence du simple, parce qu'il a treize vers où le simple n'en tient que dix, et pour sa gravité n'admet guères autres vers que de dix syllabes, comme le simple reçoit pour sa légèreté le plus souvent les vers de huit. »

Telle est la théorie de Sibilet. Or nous trouvons précisément dans le recueil qui nous occupe les deux espèces de rondeaux qui viennent d'être mentionnés sous les noms de rondeau simple et de rondeau redoublé, les premiers ayant en tout dix vers différents, les autres en ayant treize, ce qui est, sauf le refrain, le cas des rondeaux de Marot, de Benserade, et de tous ceux que l'on a faits depuis ces auteurs.

Mais nous avons de plus, dans nos rondeaux, les deux répétitions complètes qui caractérisent le *rondeau parfait*, pour lequel le législateur (Sibilet) nous renvoie aux vieux poëtes. Nos explications théoriques se trouvent donc ainsi complétement justifiées [2].

Quant à la mélodie de ces rondeaux, c'est un air composé de

---

[1] On trouve dans Rabelais, liv. III, chap. xxi, un rondeau de cette espèce, dont le refrain est ainsi indiqué : *Prenez-la, ne* (sic); lisez : *Prenez-là, ne la prenez pas.* — La chanson de Charles d'Orléans, *Je ne prise point tels baisers,* si agréablement mise en musique par M. H. Reber, est encore du même genre.

[2] Voyez encore J. J. Rousseau, *Dictionnaire de musique,* au mot *Rondeau.*

deux parties ou reprises, dont la première, ainsi qu'on le reconnaît à leur coupe, doit s'appliquer à la première moitié de la première et de la dernière strophe, ainsi qu'à l'hémistrophe du milieu, ou mésostrophe, et dont la seconde partie s'applique aux secondes parties des strophes extrêmes.

J'ai encore à parler de la seconde espèce de poëme, qui se rapproche, ai-je dit, de la nature du sonnet, et dont un certain nombre d'exemples (quinze ou seize) se trouvent également dans le manuscrit que nous étudions. Dans ceux-ci nous rencontrons, en effet, d'abord deux couplets ou strophes pareilles, composées, soit de quatre, soit de cinq vers chacune, et qui se chantent sur la même mélodie. Puis vient, sous le nom de *residuum*, une sorte d'épode composée également de deux parties symétriques entre elles, mais plus courtes que les deux premières strophes : par exemple, de deux vers chacune si les strophes avaient quatre vers, et de trois si les strophes en avaient cinq. Ces deux petites strophes finales se chantent également sur une même mélodie, différente toutefois de celle des deux premiers couplets, et le plus souvent même d'une mesure opposée, par exemple à deux temps si la première était à trois temps, ou *vice versa*.

Il est difficile de ne pas reconnaître dans la forme complète de ces petits poëmes la véritable origine du sonnet, comme on a reconnu dans les premiers l'origine du rondeau. Toutefois, je dois l'avouer, j'ai été moins heureux dans le second cas. Car, d'une part, je n'ai rencontré aucun exemple ayant identiquement deux couplets de quatre vers et deux de trois, et, en outre, je n'ai pu découvrir, comme pour le premier cas, aucun document historique à l'appui de mon opinion.

Voilà tout ce que je crois utile de dire au point de vue de la versification. Parlons maintenant de la musique, qui va nous offrir des sujets d'observation non moins remarquables.

La composition est généralement en contre-point fugué, à trois parties écrites séparément, en notation blanche, sans barres de mesure suivant l'usage du temps, circonstances qui en rendent, comme on sait, la mise en partition très-difficile : car une queue mal tournée dans une ligature, un signe de silence tracé peu correctement, et mille autres petites négligences calligraphiques, suffisent pour faire disparaître les points de repère et soumettre la traduction à des incertitudes plus ou moins graves, inconvénient rendu plus sensible encore par le peu de concordance que l'on rencontre dans les traités relatifs à la musique de l'époque, traités dont plusieurs, et des plus notables, tels que celui de Tinctoris, sont encore inédits. J'ai cependant essayé cette traduction sur un certain nombre de pièces. J'en soumets quelques-unes au comité, savoir : 1° un rondeau simple, dont l'auteur paraît avoir nom Parizon, nom inconnu jusqu'ici; 2° un rondeau double, sans nom d'auteur; et 3° une des petites pièces que je prends pour des sonnets de forme primitive : la musique de cette dernière est de Dufay, à qui l'on attribue la notation blanche.

Un des faits les plus importants que nous ayons d'abord à signaler résulte de l'inscription des noms de quelques auteurs-compositeurs placés en tête de plusieurs morceaux, noms qui malheureusement, et par une suite bien regrettable de la maladresse brutale du relieur, ont disparu presque partout. Voici toutefois ceux qu'on peut lire encore : Frye, Caron, Parizon, Dufay, Busnoys, Ockeghem, Tinctoris, Compère, Hayne, Prioris. Tous ceux de ces compositeurs dont les noms sont connus appartiennent au xvᵉ siècle ou à la fin du xivᵉ. Trois ou quatre me paraissent inconnus : Frye, Hayne[1], Prioris, et Parizon, auteur de la pièce que je donne sous le numéro 1.

Ce n'est pas tout, et un examen attentif de la facture des pièces que nous examinons m'a conduit à des remarques extrêmement importantes sur l'histoire de l'art musical aux xivᵉ et xvᵉ siècles : ainsi, ce n'est pas sans étonnement que j'ai fait l'observation suivante, savoir, que, sur cent cinquante morceaux environ composant la collection, pas un seul accord final ne contient d'autre note d'accompagnement que l'octave et la quinte; et, quoique l'accord parfait et ses renversements se montrent partout, notamment dans les cadences suspensives, pas une fois la tierce n'apparaît dans l'accord terminal. En réfléchissant sur ce fait, bizarre au premier abord, on ne tarde cependant pas à en trouver la raison théorique : c'est qu'à l'époque de ces compositions, où la musique était toute diatonique et *monotonique*, le genre ditonié

---

[1] Toutefois cet auteur, inconnu à M. Fétis, a été cité dernièrement dans un remarquable travail de M. Stéph. Morelot sur un manuscrit analogue à celui dont nous nous occupons, et qui appartient à la bibliothèque publique de Dijon. (*De la musique au* xvᵉ *siècle*, extrait des Mémoires de la Société archéologique de la Côte-d'Or.)

des anciens était encore en pleine vigueur, c'est-à-dire que l'échelle vocale et l'accord de l'orgue étaient réglés d'après une suite de quintes justes [1]. Or, dans cette échelle, tous les tons étant essentiellement majeurs, la tierce majeure, représentée par la fraction $\frac{81}{64}$, est dissonante. L'accord de tierce et quinte n'était donc pas, à proprement parler, un accord parfait, et, par conséquent, ne pouvait servir de conclusion à l'harmonie. L'absence absolue de la tierce dans l'accord final des compositions de cette époque, non moins que l'extrême rareté des degrés chromatiques ou notes altérées accidentellement, témoigne de la puissance avec laquelle le sentiment de la tonalité ancienne régnait encore ; et l'observation des faits importants qui se révèlent ainsi me paraît conduire à une méthode rationnelle pour l'accompagnement du plain-chant, problème qui s'agite aujourd'hui d'une manière sérieuse, mais qui n'est pas de nature à être traité ici [2].

Je me hâte donc de déduire les conclusions de l'examen dont le comité a bien voulu me charger : elles se réduisent à dire que l'espèce et la forme des compositions contenues dans le manuscrit que M. de Laborde nous a présenté me paraissent les placer entièrement en dehors de la classe des chants populaires. La versification en est d'une facture trop régulière et trop artificielle, la mélodie en est trop compliquée et l'harmonie trop savante (eu égard à l'époque), pour que ces pièces aient jamais pu aspirer aux honneurs de la popularité. Leur mérite, pour être d'une autre nature, n'en est pas moins très-notable, surtout par les lumières qu'elles répandent sur l'histoire de la versification française et sur celle de l'harmonie. C'est d'ailleurs ce dont on pourra juger par les trois petites pièces que je donne à la suite de ce rapport. Au point de vue musical, j'appellerai surtout l'attention sur le morceau de Dufay, qui est dans le quatrième mode ecclésiastique, *deuterus plagius* des saints Ambroise et Grégoire, hypophrygien de la nomenclature actuelle de l'Église, mais nommé ainsi par suite d'une erreur que j'ai expliquée ailleurs [3]; en réalité, c'est, suivant mon opinion, le mixolydien des anciens Grecs. Ce mode, caractérisé par une note sensible supé-

---

[1] Voyez Gerb. *Script. eccles. de musica sacra*, t. II, p. 279 et suiv.

[2] Je m'occupe de ce sujet dans la *Revue archéologique*, cahiers de janvier et février 1858.

[3] Voir *ibid.*

rieure à la finale et plus aiguë d'un demi-ton que cette dernière note, n'existe plus dans la musique moderne : c'est une véritable perte qu'il serait facile de réparer. Je dois me borner ici à la signaler.

Je ferai remarquer aussi l'armature des clefs : dans la plupart des compositions de l'époque, cette armature diffère suivant les différentes parties. Je crois voir dans cette circonstance un vestige de l'ancienne diaphonie, où, l'une des deux parties chantant en *ut*, par exemple, et l'autre doublant le chant à la quarte aiguë, il fallait que celle-ci employât le bémol. On peut en donner encore une autre raison fondée sur la théorie des hexacordes ou de la *main harmonique* de Gui d'Arezzo, savoir : que la seconde inférieure à l'*ut* de la clef de ce nom était spécialement nommée *bfabmi*, parce qu'elle était susceptible de prendre le *bémol* ou le *bécarre* suivant les circonstances. C'est ainsi que, dans les deux rondeaux que je donne ci-après, les parties de ténor et de contraténor, et non le dessus, portent le *si* bémol ; j'ai respecté cette disposition dans le premier morceau, tout en admettant que le bémol devrait se trouver aussi à la première partie, sauf à le retirer partout où cela est nécessaire pour éviter le triton ou la quinte diminuée. Quant au second morceau, j'ai supprimé les bémols aux deux clefs d'*ut*, parce qu'ils me paraissent absolument superflus.

Il faudrait s'occuper aussi de la correspondance entre les paroles et les notes du chant ; ce serait un travail à faire ; je me contente de l'indiquer, en conservant simplement aux unes et aux autres la disposition qu'elles ont dans le manuscrit, et qu'il serait nécessaire de modifier pour l'exécution.

OBSERVATIONS ET RECTIFICATIONS RELATIVES À LA PARTITION MUSICALE.

1° Pour se rapprocher le plus possible des notations modernes, on a dédoublé, après coup, les mesures dans les morceaux I et III, ce qui est indiqué par des barres plus fines que les autres. Or, trois des nouvelles barres ont été oubliées, savoir : la 2° de la première ligne et les 1re et 2° de la dernière ligne ;

2° Page 1re, ligne 3. dernière mesure du ténor, effacez la queue de la note ;

3° Page 4, ligne 3, 8ᵉ mesure du *contra*, le *ré* au-dessus du *sol* est mal effacé ;

4° Page 8, antépénultième mesure du *contra*, pointez la 1ʳᵉ note.

5° M. Stéph. Morelot, qui a bien voulu examiner mes partitions, propose d'y faire (ainsi qu'au manuscrit, auquel je me suis scrupuleusement conformé) les modifications suivantes : 1° page 4, ligne 3, dernière mesure du *contra* : lire *la* au lieu de *sol* (le *sol* me paraît motivé, malgré sa dureté, par le *sol* qui précède) ; — 2° page 4, ligne 4, 6ᵉ mesure du *ténor*, lire *sol* au lieu de *fa* (la correction me paraît en effet nécessaire) ; — 3° page 6, ligne 3, 3ᵉ mesure du *contra*, lire *ut* au lieu de *la* (*item*) ; — 4° page 7, ligne 1ʳᵉ, 6ᵉ mesure du *dessus*, 3ᵉ note, lire *la* au lieu de *si*.

Je profiterai de l'occasion pour signaler une erreur relative au même manuscrit, dont je dois également la remarque à **M. Morelot**, et qui s'est glissée dans la *Revue archéologique* (XIVᵉ année, page x de la musique), à la première ligne de basse (dernière du motet *Dulcis amica Dei*). Il faut, 1° effacer le silence d'une mesure qui commence cette ligne, 2° supprimer la *note* 1ʳᵉ ; 3° faire partir la basse une mesure plus tôt ; et 4° ajouter un *fa final* d'une mesure, à l'unisson du *contra*, note qui, par un caprice du calligraphe, avait été réunie et confondue avec la barre terminale.

IMPRIMERIE IMPÉRIALE. — Juillet 1858.

www.ingramcontent.com/pod-product-compliance
Lightning Source LLC
LaVergne TN
LVHW021747030726
842523LV00003B/966